KB265895

다정한 그대를 사랑하지만
슬픈 기억 속에서 너를 잊고 싶어

# 다정한 그대를 사랑하지만
# 슬픈 기억 속에서 너를 잊고 싶어

박경만 시집

더케이북스

## 작가의 말

:



그냥 멍하니 너무 오래 서 있었던 적이 있었다. 사랑했던 시간들의 흔적을 시를 통해 그려낸다는 것은 가볍지 않은 일이다. 인생을 살면서, 사랑을 알게 되면서 고통이 없다면 진정한 사랑이 아니라고 감히 생각한다. 아파왔던 시간들을 차근차근 더듬어 보며 시를 썼다. 불안했던 내 감정이 온전하지 않음을 반성하고 뉘우친다. 원래시란 꾸밈없는 감정 상태에서 실타래를 풀 듯 해야 할 것인데도 쉽지가 않다. 내 마음속을 곰곰이 들여다본다. 기다림 너머 절절한 그리움만이 바람 되어 날아가듯 옛 기억은 나를 없는 바람 내세우며 붙잡아 두지 않았다. 제발! 이 책 안에 자리 잡고 앉아 있길 바라야지.

2026년 어느 봄에

나를 지탱하게 해준 버팀목 S에게

# 서시

내 마음에 버릇없이 불 꺼진 사랑이여!
제발! 환한 웃음으로 켜져라.
왜 이리 힘든 것이냐!
얼마나 간절한 마음을 담아야
그대에게 갈 수 있을까?
미처 멀었다는 것을 알지만.
내 맘도 모르고
덧없이 보이지도

보여주지도 않지.
나를 얼마나
두루뭉술하게 짓밟아야겠니.
더는 안 된다.
한번이면 좋겠지.

내 오직 한 사람이여!
그대라는 그 이름

# 1부 사랑은 가슴 속 깊이 아무도 몰래 스며들게 넣어 두는 일

# 2부 슬픔이 슬픔에게 말하길

너무 오래 그대를
단 한번을 위한 사랑
봄여름가을겨울
나는 너를 너는 나를
견딜 수 없는

꽃
기억은 저 멀리서
반지를 잃어 버렸어요
그 길을 찾지 못해
비오는 날

돌 틈 속 그대
가만히 들여다보네
그대를 사랑했는지
그대를 위해서라면
보이지 않는 사랑

당신이라는 오직 한 사람
아무 말 없이 야속하게
그대가 끼워준 마지막 꽃반지

# 3부 우린 헤어지지 않았고 잠깐 너는 숨어 있는 거라고

사랑받지 못하면
이제 숨 쉴 힘조차
결국 내가 너를 만나려고
우린 헤어지지 않았고
누구도 우리를 막을 수

그대와 나 사이의 경계
너의 인상은 떠난 이후에도
사랑을 잃어 버려서
그대 가슴속에
그대를 처음 본 순간

기억 속에 남은
그대에게 가는 길
그대에게만
그대 말고는
그대 속은 너무 깊어

## 4부 나와 함께 한 슬펐던 사랑은 따뜻하지

온통 너로
푸념1
푸념2
푸념3
손금을 들여다 본다

그대 오시는 날
그리움이 떠나네
내 마음은 여기까지
간절함
널 많이 그리워하겠지

나는 나를 버리고
내 마음은 무너지고
마지막 편지

1부

사랑은 가슴 속 깊이
아무도 몰래 스며들게 넣어두는 일

사랑은 가슴 속 깊이
아무도 몰래 스며들게 넣어두는 일

# 어느 계곡에서

거친 물숨소리 따라 걷다보면

산 너머 기억 저편에 버리고 온 건들거리는

그대의 숨결, 들리지,

가쁜 물살은 쉬지 않고 달리지.

흐릿한 바람조차 옛 생각이 나는지 저 물길은

게걸스레 자신만의 돌덩이를 들고 지친 그리움 너머

나에게 오라 말하지.

떠나버린 그대, 볼까, 이곳에 있지만 흔적조차

드리우지 않지,

그래도 물꼬는 자리를 바꿔가며

여러 빛깔 물살은, 온통 그대였다가 들킬까봐

더 애쓰고 있음을 알지, 차곡차곡 넉넉한 바람,

나 혼자 맘 줘서 힘들었을 텐데,

참아줘서 고맙지,

가슴 아픈 사랑이란 쉬지 않고 흐르는 물살처럼

절절히 말 못 할 이름표이지…… .

# 대포항에서

까마득히 먼 데 계시는 당신이 오신다기에

냉큼 아픈 몸 이끌고 달려왔지요

저 먼 바다 보다 멀리 계신건가요

보일 듯 하다 보이지 않고

잡힐 듯 하다 잡히지 않고

닿을 듯 하다 닿지 못하고

어루만질 듯 하다 어루만질 수 없는

이 바다를 다 건너야 당신을 볼 수 있을까요

속절없이 파도는 '파랑파랑' 춤을 추고

다시 오지 않을 바람을 다 견뎌내야 당신이 오실까요

물속에 박혀 빼낼 수 없는

부서진 푸르른 심장은 온전히, 애달프게 울부짖네요

가엾이 숨죽여 소리치는 흰 갈매기

설마, 돌아오지 않을 당신이기에

이제, 그만 가라고 말하네요

찬 바닷바람, 부치지 못한 슬픔이

단단해진 바위가 되어

물속에 '풍덩' 당신이 오신다기에

# 바닷가에서

누군가를 기다린다는 것은

다시 왔다 가는 저 푸르른 간절함이 물 속 깊이

아예 담겨 있겠지.

볼 수 없어도 저 파도처럼 오지 않을 것을 알면서도

저 거친 바람의 힘이 잔잔해질 때까지

고대하는 일,

하염없이 온 몸으로 내어주는 일이 우리네 삶과 같아서

어디인지 모를 그리움이 웅크리고 있다가

기꺼이 기지개를 켜 꿈틀 길을 내주고 다시 사라지고

으레 애절하게 기다리지.

누군가에게 바다란 아무도 모르게 돌아갈 뜻이 없는

온전한 나를 위해

희로애락, 가슴 깊은 서랍 속에 곱게 접어

가슴 속 깊이, 아무도 몰래 서걱서걱 오는 저녁처럼

스며들게 넣어두는 일

# 매미

매미가 뜨거운 여름에 소리 내어 우는 것은

더워서 우는 것이 아니라 넌출거리는

다정한 더위가 사라지는 게 싫어서 우는 게 아니라

떠나는 사람을 붙잡지 못해

못내 아쉬워 우는 것이다.

으레 뜨거운 햇살은 알지.

햇살 부서지는 틈새로 사랑이 뒤엉키고 다시 합쳐지길

더 큰 사랑으로 가기 위함을 알 테지.

그래서 매미는 슬쩍 나무에 붙어 더없이 떨어지지 않는 것

이지.

# 지우고 지워도

고통의 흔적을 지우고 지워도 몇 만 번을

속을 끓여 지워도 지워지지 않는다.

흠뻑 물에 적신 스펀지, 한심하기 짝이 없는

깊은 얼룩에 스며든다.

힘줘서 빨아도 닦아 내도

주르륵...... 흐르기만, 할 테지.

비(悲)가 되어 내린다.

그대가 오는 분주한 발걸음 소리

요란하게 넘치고

상다리 부서지게 차린 음식은 김만 모락모락..... .

# 미치도록

보고

싶다는 말은

바야흐로 안녕!

우리 이젠 항상 함께 할 거잖아.

아직도 멀었다는 말은 이제 그만,

결코, 부서진 과자처럼

미치도록

달콤함만 남겨

슬픔보다 기쁨으로 하나가 될 수 없어도

파랑치는 없는 바람에

그대와 나 유효한 것

소용돌이 되어 좀 더 깊어지는 숨결 되어 만나야지.

서운해도 진득하게 기다려야지.

## 당신의 빛깔

죽을 때까지 당신의 빛깔을 쫓고 싶었지만

그 빛깔은 독

아예 사랑의 빛깔이 없는 그림자,

안개처럼 자욱하고

손을 맞잡으려 하면 달아나고

손을 내밀면 닿을 수 없는

만날 수 없음을 알지만

그대가 올 수 있다는 믿음은

헌신짝마냥 버릴 수가 없네.

예의 없이 불쑥 찾아온 사랑에 대한

곡절 있는 기억을 버릴 수가 없네.

내 가슴 내리친들

서툴게 다시 지나가버리고 말 것 인데

멍든 가슴 애써 지운다한들

그대에게 가는 길 지워질까.

사라진다 해도 그대는 나의 영원한 길.

# 사랑한다고

사랑한다고 말을 했었지.

잊었지.

사무쳐 잊히지 않는 창(窓)

헤어짐은 해질녘 오후, 창가에 눈물로 적시며

내일이면 괜찮을까?

그만,

딱히 울고 싶어지는 날

다시 그대가 돌아오는 날

내 마음 속에 그대는 '꼭꼭' 숨어있지

제발! 내 곁으로 두런두런 와 주셔요.

## 탱자나무 아래

거센 찬바람 부는 탱자나무 가지에서
그대는 왔다가 '획' 사라졌지.
달랑달랑 매달린 서너 개의 시든 탱자에
포개진 것은 잃어버린 막막한 내 가슴이었다.

## 그리움


간절히 바라도 봉인되어 오지 않는 마음이자,

출렁이는 굶주림이지.

## 이별

사람과 사람 사이에
길이 있었다.

그 길을 가다
한 사람을 만났다.

시간이 흐르고
그 사람과 나 사이에
사이가 생겼다.

그 사이에 나는
씨앗을 맘껏 뿌렸다.

그 사이에 아름다운 꽃은
한아름 피었다.

어느 날 그 사이에 와 보니
그 꽃은 누군가에게
짓밟혀 있었다.

## 마음으로 가는 길

마음으로 가는 멀고도 험한 길
서두르지 않아야지.
한걸음만 여며 늦추면 되지.
그래야, 혹여라도 그대를 향한 숨이 편안해지지,

그 길에는
허공 속에 흐르는 슬픈 눈망울이
'주르륵' 흩어지다가 따뜻한 온기가
먼저 도착해 있지만,

그저 잘하려고 애쓰는 맘은
저만치 진심이라면 충분하지,
지금도 내 마음 속에서
닿을 듯 멈춰있는 걸 알지만
마음 속 깊이 닿아있지.

천천히 너를 놓아주고 싶어
어지간히 사랑한 맘은
이제 새장 속에 갇힌 너를 놓아주고 싶네.

지금 이 순간,

비감(悲感) 속에서 너를…….


미안해도 어쩔 수 없지.

다정한 그대를

사랑하지만

슬픈 기억 속에서 너를 잊고 싶어.

잘 가요. 내 사랑!

## 진심이 닿으면

진실이 진심이 되어 닿으면
그대에게 가고 있네.
나만의 착각이었나.
떠날 거라는 생각이 있었나.
지금도 길을 헤매고 있네.
오직,
그대라는
한사람을
만나기 위해
걷고, 다시 걷고 있지만
그대는 보이지 않는 길
걸으면 걸을수록 보이지 않네.
그래도
짐짓, 전 지치지 않고
그대를 보고 싶어 기다립니다.

# 돌멩이

개울 물 속에서 돌멩이를 주었네.

물기를 닦고 호주머니에 넣었네.

하루도 쉬지 않고 내 가슴속에서

숨 쉬게 하였네. 내 품에 있었지.

한번 실수가, 내 발 땜에, 미끄러져

어디론가 사라져

늦은 밤, 내 머릿속에서 병이 되어 지우려 해도

지울 수 없는 기억이 이제는 버릴 수밖에 없네.

한 무더기 가시나무 무덤이 햇빛 사이로

햇살에, 빛을 발했던 돌멩이,

가시나무에 박혀, 이제는 그곳에서 찾을 수 없는

그리움이 되어 남았네. 이제 되돌릴 수 없는

시간만이 내 몸 안에서 뽑을 수 없이 박혀버렸네.

아무리 물속을 들여다봐도

온데간데 없지. 버려진 내 가슴은

텅 빈 운동장처럼 이제 결국 숨 쉴 수조차 없다네.

## 고슴도치 닮은 어느 여자

내 옆에 고슴도치처럼 몸을 '돌돌' 말고

자는 어느 여자가 있다.

곤하게 자는 모습이지만 날카로운 절벽도 아름다워!

어루만져보고 싶지만 걸어 올라가기란 센 전류가 흘러

거센 물결로 덮여있어, 다가갈 수가

떨어지는 물살이 삐거덕거린다.


불빛 한 점 없는 방안 감은 검푸른 눈 속엔

깊은 강물이 흐른다.

건널 수 없는 벽만이 나를 슬프게 한다.

그래도 좋았던 시절.

가슴 속이 온통 가시덤불이라니.....

사랑했다가도.

다시 바람이 불면 내 온몸이

산산조각 부서지는


찬바람 맞는다.

그 여자가 깰 까봐 문을 조심스럽게 열고 밖으로 나온다.

하염없이 떠나는 어둑한 하늘을 본다.

별들이 나를 향해 쏟아진다.

게으른 허공 너머 그녀의 웃는 얼굴이 그려진다. 지워진다.

찢겨진 사진 한 장만이 바람에 떨고 있다.

이 세상에서 떠나버린 듯 유독 어둠 속에서만 고개를 내밀고


온통 가시덤불 생각뿐이다.


끔찍한 고슴도치 한 마리

저 방안에서 몸을 '돌돌' 말고 누워있다.

내 것이었다. 아니었나. 라는 생각만이

내 몸을 뒤흔들어 놓는다.

전생에 고슴도치였다면 얼마나 좋을까.

고슴도치가 되지 못한 나는

인간의 몸으로 살아갈 수밖에 없다.

# 끝없는 길



사랑하는 사람을 지금 만나지 못할지언정

그 간절한 마음은 변하지 않지.

온전히 그대 안에 스며들기가

멀쩡할 것 같지만 어려울 뿐이지.

서글퍼 못내 아쉬워 어쩔 수 없지.

허전해도 그대에게 가는 문은 가도 가도 끝없는 길,

그대가 가는 길을 알려주지 않는다면

지금처럼 헤맬 뿐,

그래도 그대를 위해

나는 언젠가 다시 만날 그대를 위해

다시 만나리라.

반드시……

## 한 여자를 가슴에 담아둔다는 것이란

한 여자를 가슴에 담아둔다는 것이란

속마음을 다듬어

내 모든 것을 다 내어드리지.

오지 않을 당신

혼자만의 간곡함이 통하면 좋으련만

애절함만이 빛을 발하고

그리워도 만날 수 없는 운명은

가슴 찢어질 정도의 슬픔을 안고

하루하루 살아가야 하는 것.

사랑이란, 힘든 과정 속에서 만나는 것일 테지,

쉽다면 진정한 사랑이 아니란 걸 알지.

진심어린 빈 간절함이 나에게 얼마나 통할지

## 아주 먼 곳에서 다가오는

그곳에 다시 찾아갔을 땐 따뜻함은

허전해진 자리

옛 흔적을 볼 까 했지만

먼 바다에서 달려드는 찬바람만이

저를 향해 손짓하고 있었습니다.

오랜 세월을 감내한 파도 소리가

내 귀를 뒤흔들어 놓았습니다.

채를 썰듯 내 눈 안에 들어오는

기괴한 암석들이 왜 다시 왔냐며

게슴츠레한 눈으로 쳐다보고 있었습니다.

그때 찬 바닷바람마저도 거세게 내 뺨을 후려갈기듯

푸르른 지붕 속으로 '후다닥''풍덩'사라졌습니다.

마치 제 몸속에서는 그 시절 아픈 데가 다시

새싹처럼 피어나고 있는 것 같았습니다.

아무 말도 없이 흰 갈매기 한 마리 날갯짓하며

머뭇거리고 있는 게 보였습니다.

솔직히 전 그랬습니다.

이곳에 다시 오면 지난한 그 때

그 시절을 되살릴 수 있을 거라는

헛된 생각만이 목울대를 치밀어 오르고

오랜만에 당신의 목소리가 듣고 싶어

전화를 걸었으나.

울먹이는 목소리 내 가슴 깊은 파편으로

서러운 새처럼 날아들었습니다.

당신은 '이 세상 사람이 아니다'라고 했습니다.

순간, 메아리치는 파도 깊은 바다 속을 유영하는 물고기마냥

제 몸은 어리둥절했습니다.

저 멀리 저 멀리 뒷걸음쳐 달아나

잡을 수도 없는 눈물은 내 몸 깊숙이 침투하고

아주 먼 곳에서 다가오는 아우성은

이미 당신에게 다가가는 손길이었습니다.

비에 젖은 꽃잎이 보잘 것 없는 바람에 흩날리고 있었습니다.

아무 영문도 모른 채 아무 말도 못 하는

미련만 남은 심연의 푸르른 그림자.

견딜 수 없는 내 고통은 생의 마지막 인사를 재촉하듯

발걸음만이 나를 놓아주지 않고

한없이 열려있는 길을

줄곧 걷게 하고 있었습니다.

## 빗물에 흩어져버린 여린 꽃잎

내리지마라! 내리지마라! 빗물에 여린 꽃잎을

떠어 보낸다는 건

물결이 살아 숨 쉬며 가는 모습을

지켜본다는 건

빗물에 주름져가는 물살은 고약해!

빗물 고인다.

빗물에 꽃잎들 흩어진다.

마치 바닥에 부딪혀 생긴 상처처럼

빗물 고인다.

이젠 종양처럼 시들어 버렸다.

푸르른 잎이 무성했던 시절도 있었다.

햇살 안의 그림자 푸르다.

바람에 꽃잎 흩어진다.

그대에게 향하는 길 멀고도 멀어

거꾸로 걸어가고 있네.


그래도 그대도

비에 젖은 꽃잎 땅바닥에

악착같이 달라붙어 있네.

떨어지지 않으려고 안간힘을 쓴다.

강한 바람은 속절없이,

아무 사정도 모른 채

아무 말 없이 야속하게도

여린 꽃잎을 끌고 어디론가 사라진다.


내 고통은

그녀에 비하면 아무것도 아니었고

그녀는 끝내 사뭇 흔적 없이 사라졌다.

나 지금 내 안의 깊고 깊은 바람도

찾지 못할 마음속 감옥을 짓고

앉아있다.

## 비가(悲歌)


내 마른 뿌리를 적셔 줄 비가

가물가물 소리도 없이 내린다.

소리에 눈을 떠보니 나를 물관 깊숙이 빨아들인다.

화단에 놓인 꽃의 내부도 잠들지 못하고

축축이 혀만 내민다.

그것도 순간, 미치도록 타오르다 꽃잎은 꺾인다.

꺼질 듯 꺼질 듯 빗물에 사그라든다.

봄비만이 안다.

그녀를 묻고 돌아오는 날.

내 청춘의 푸르른 꽃을.

나는 유배당했다.

내가 꺾이어 빈 몸은 낭떠러지만 남긴다.

그래, 그것을 나는 비(悲)라 말한다.

아직도 아주 긴 머리카락 흔드는 소리처럼 비는 내린다.

그녀의 체온이 그리워질 무렵,

창이 환하게 열렸던 때가 있었다.

그러나 내 안엔 잡초만이 자란다.

가꾸지 못한 꽃이 시들어 떨어질 때

사랑이라 부를 수 없는 단명(短命)같은 속삭임을……

봄비만이 그 비밀을 안다.

그래도 너의 무덤은 어디에도 없다.

내 몸속에 무덤을 키웠다.

하지만 너의 발자국 쫓았던 시간들이

자꾸만 이파리를 타고 흐른다.

흔들리는 꽃잎 끝을 적시고

귓속말로 뭐라 '소근소근' 빗방울만이 너를 말한다.

이미 때는 늦어 나는 빗물을 따라갈 수 없다.

그 비밀을 안은 채……

2부

슬픔이 슬픔에게 말하길

## 너무 오래 그대를

잠깐 동안 사랑하려고 했는데

너무 오래 그대를 내 마음속에 품어버렸네.

가슴 속 깊이 가둬 버려,

이젠 꺼낼 수 없는 사슬이 되어

멀리멀리 보내드리고 싶지만

이 비겁한 바람이 다시 센바람이 되고

건널 수 없는 비바람은 날개 달린 것처럼

그냥 어슴푸레 한없지.

허공에 날리는 먼지처럼 어이없이 무너져버릴 것 같다가도

다시 걸음을 옮기고


어리석은 사랑인 줄 알고 있었지만

아무 말 없는 바람이려나,

지나가는 바람도 잡지 못하는

이 신세는

말 못 할 그리움만 동여매어

이젠 풀지 못하는 거겠지.

산산조각 부서져도 다시 깊어져 가는

기묘한 당신이라는 이름

# 단 한 번을 위한 사랑

아무 고백도 없었던 꽃
화단에 심어 놓았던 꽃
잡초만 우거져 있지.
어디로 가버린 걸까
그 사이에 피어난 꽃
어디서 왔던 것일까.
나 너에게 가기 위해
제 자식처럼 속없이
빈 가슴에 애지중지 키웠다네.
햇살에 '와그르르' 웃는
부르고 싶어도 부를 수 없는
이름 없는 풀들

단 한 번 피는 것을
보기 위함이었네.
오직,
언제가 사라질지 모르지만
단 한 번을 위한 사랑이었네.

# 봄 여름 가을 겨울

봄을 닮은 사람인 줄 알았네.

그래서 여름이 오면 잊은 줄 알았네.

또 그렇게 시간이 지났는데

잊은 줄 알았던 당신 생각이

빛이 바래, 보이지 않다가도

네 생각이 새록새록 맑은 아침 햇살처럼

떠오르는 걸 보면 너는 나에게 여름이었나.

이러다

네가 떨어뜨린 꽃잎들이 바닥에 나부끼는 가을에도 있을
까.

어느 눈 내리는 겨울,

저만치에 '난분분난분분' 내리는 눈이 되어 너는 있었지.

어느 계절에도 너는 내 안에 있었지.

여러 빛깔로 오는 너

그래서 설레지.

사랑이란 참…… .

## 나는 너를 너는 나를

그대에게 드리고 싶은 게 많은데
그 흔적을 주섬주섬 모아 드리고 싶은데
힘든 시간이었죠.

꽃밭에 한 마리 나비, 조심스레 앉았네.
기다렸던 그대, 다가가는 길 멀지 않아,
제발, 좀 쉬었다 가세요.

더 이상 '그대'라는 이름 부르지 않을게요.

나는 너를 너는 나를
지금도 수없이 만나고 있으니
다시 너를 사랑하지 않을 수 있게
속으로만 한없이 절절히 너를 부를 수 있게
사랑한다고, 너무나도…….

# 견딜 수 없는

부질없는 꿈이라는 걸 알지

한참 전에 알고 있었지

왜 이리 오래 잡고 있었을까

내 마음 속에 미련이 한가득 남아 있었겠지.

무너져버린 허공 속을 질주하다

남겨진 흉터는

그대가 남겨놓고 간 자리는

아직도 아물지 않는 상처는

견딜 수 없는

견딜 수 없지

슬픔이 슬픔에게 말하길

사랑했으니까

그래서 잊히지 않는 거겠지

빛이 바래도, 그대라는 찡한 마음은

평생 내 흔적으로 속삭이겠지.

## 꽃


꽃이 피고 지고
봄, 여름, 가을, 겨울
꽃과 꽃 사이엔
공허한 말들 뿐


꽃은 필 때만 좋았더라.
어둠이 지나 밝음이 와도
지고나면 또,
피겠지만
다시 봄이 되면
핀다고 하지만
그때, 그 시절, 그 꽃은 아니더라.


결국, 지고 말 꽃인 줄 알면서도
우리는 왜 만났을까?


어쩌면 시들어 있을 때가 더 좋았네.
그래야 쉽게 잊히지.

# 기억은 저 멀리서

빙판에서 팽이가 '빙빙' 돌다
힘없이 꼬꾸라진다.
못 갖춘 기억은 미끄러진다.
저만치 자꾸만 멀어져 간다.
점
점
점
보이지 않는다.
그대라는 그 한마디는
영원히 잊히지 않는 것

## 반지를 잃어 버렸어요.


반지를 안전하게 잃어 버렸어요.

그대와 나 사이의 징표

다시는 헤어지지 말자는 표 딱지인데

금세 찾아도

아무리 보아도

어디에도 없는 반지

지금 내 안에 없는 그대

그대와 나 사이가 시답게 헤매는 것처럼

반지도 어디를

어디쯤 맴돌고 있을까요.

# 그 길을 찾지 못해

설레임이 서러움으로

사랑이 이런 것이었나요

그리움이 간절함으로

사랑이 이런 것이었나요

외로움이 사무침으로

사랑이 이런 것이었나요

슬픔이 기쁨으로 언제 오는 건가요.

그대 떠남이 다시금 돌아오는 날이겠죠

그 길을 아직도 찾지 못해

오늘도 시들어 갑니다.

끔찍하게…….

# 비오는 날

하염없이 '후드득'울음은 멈추지 않는다.

만남이 있다가도 헤어지면

으레 그리움으로 남는 것인데

기쁨과 슬픔이 부딪혀

하나가 될 수 없다면

손을 내밀어도 잡을 수 없고

사랑할 수 없겠지

흥건하게 고이는 빗물은 자꾸만

내 마음 한 귀퉁이

하릴없이 내 맘을 몰라주는

그대의 빗물은'하염없이' '하염없이'

그대는 느끼나요.


곧 비가 그치면

전 떨어지는 장작마냥 가슴 깊이 사무치겠죠.

태울 수 없는 간절함이란

# 돌 틈 속 그대

옴짝달싹 내 마음에 돌 틈 속 그대

들어가 나오질 않고

깨뜨리고 싶지만

그대의 아픔 건드리고 싶지 않아

아득히 저만치에서

피어나는 꽃

그 길 따라 가면 그대가 있을까요

이르지 못할 길

# 가만히 들여다보네

새들은 빈곤하게 날아오르고

바람에 나부끼는 나무들

못내 궁한 내 심중을 아는지

손짓하네. 저 돌 틈 속을 들어가야 하네.

내 몸을 들끓게 했지. 불타던 사랑도

이젠 차가워진 그리움이 되어

잃어버린 시간들마저 애태우네.

여기가 끝인 줄 알지만

고요하고 어둡지. 깜깜한 그 길

가만히 들여다보네.

그대가 오는 지 보려고

어쩌다 내가 숨을 쉴 수 있으니

## 그대를 사랑했는지

사랑한다는 것은

사랑하지 않는 사람들보다

두려움이 없어야 하지

사랑할 때는 모르지만

헤어지면

네가 얼마나

그대를 사랑했는지 알 수 있지

더 굵은 사랑을 위해

그래야, 헤어지더라도

후회가 없겠지.

몸소 돌아오지 않는 반쪽을 가슴으로 말하네.

얼마나 더 짙은 구름이 되어야 하나

잠 못 드는 이 밤

그대는 아시려나.

## 그대를 위해서라면

그대를 위해서라면

전부 다 하겠습니다.

그대가 원한다면

눈물이 돌이 되고

암석이 되고

산맥이 되어도

멈추지 않고 그대를 위해서라면

가시밭길이라도 걷겠습니다.

오직 사랑이라는 그 이름으로

그대를 위해

언제든 기다리겠습니다.

오직 그대라는 아름다운 빛깔을

슬그니 간직하기 위해…….

# 보이지 않는 사랑

다시 또,

누군가를 만난다면

망설이지 않고

'그대'라고 말하고 싶다.

그대의 맑은 아름다운 빛깔에 젖어

나날이 그대의 온 몸 진심을 다해

기다리면서

말하지 못한 마음

손수 누구도 아닌

뒤돌아 봐도 보고 싶은

그대!

집 앞에 흩날리는 낙엽이 되어

그대의 향기에 젖어

만날 날을 기다리며

찬란하게 슬픔을 '꾹' 참고

마주치기라도 한다면 더 이상 바랄 것이 없습니다.

보이지 않은 사랑은 없습니다.

눈이 보이지 않아도

그대는 눈부시니…….

# 당신이라는 오직 한 사람

바람이 나무에 매달린 꽃잎을

떨어뜨리고 '데구르르'구른다.

나에게 오지 않아도

흔적 없이 사라져 건너지 못한다 해도

나는 오늘도 '댕강댕강' 늘어진 나뭇가지를 보며

어엿한 하늘을 부른다.

기어이 시들어져 지고 말 것을 알지.

당신이라는 오직 한 사람

꽃이 피웠던 시절,

내 안에 싹이 텄다가

다시 지고 그리움되어 다시 나타나

되돌아 되돌아 메아리 치네.

아직도 그때 그 '떨림' 남아있어

그리움이든 외로움이든 가누고 버티어

만나길 기다려야지.

## 아무 말 없이 야속하게

햇살에 번쩍하니
금이 갔네.
내 속에 빛이 되어 스며들었네.
몇 일째 보이지 않았지.

아무 말 없이 고깝지.
어린 꽃잎은
어디론가 사라지네.
덧없이
내 고통은 아무것도 아니었나.
다만 내게 남은 것은 희망의 불씨
얼마나 그리움을 더 채워야 그대의 몸 안에
들어갈 수 있을까?
그 때가지 나 깨달았네.
애초에 없었음을…….

## 그대가 깨워준 마지막 꽃반지

그대가 끼워준 마지막 꽃반지
그대 생각하다 지우고 지우다
써 내려간 편지
사랑합니다.
이 말이었네.
내 가슴 속에서 오래 숨쉬고
있었던
그대라는 두 글자는
드디어 사랑이었네.
고인 눈물도 알았는지
흩날리는 바람에 눈물을 실고 저만큼
새가 되어 날아가 버리고
그대의 숨통이 트인
열려있는 허공은 닫혀있던 벅찬 숨을
내쉬고
끝내 전하지 못한 사랑의 고통은
그래도 더 사랑하라고 말하지.
훗날,
그대가 오면 읽어드리리라.

사. 랑. 한. 다. 고

사. 랑. 한. 다. 고

## 3부

우린 헤어지지 않았고
넌 잠깐 숨어있는 거라고

우린 헤어지지 않았고
넌 잠깐 숨어있는 거라고

## 사랑받지 못하면

사랑받지 못하면
사랑하는 그 사람에게서
나는 혼자 깊숙이
내 불행의 몸짓을 보게 됩니다.

그리하여도
그대만 생각하면
다만 내 몸은 달달거립니다.
사랑하기 때문에

심히 바라는 것은 없습니다.

그대가 없어서가 아니라
지금 내 안의 그대가
있어서 행복할 뿐입니다.

다가갈수록 멀어지는 그대
전 상관없습니다.
언제나 스스럼없이 제자리입니다.

언제든 오세요.

잊히지 않는 그대라는 사람

## 이제 숨 쉴 힘조차

아무리 물속을 들여다봐도
닳아 없어질 때까지
마음 밑바닥 까지 버려진 내 가슴은
이제 숨 쉴 힘조차 없구나.

그대를 찾아 헤매었네.
이제 되돌릴 수 없는 시간만이
내 몸 안에서
오래도록 헌집을 짓고 살고 있구나.

깊이 숨겨둔 내 사랑의 비밀
가슴 아파
남길 수조차 없이

어느새
시간은 자꾸만 흐르고
언제까지 견딜 수 있을까?
내 손금에는 그대의 강물이 흐르고
그대를 잊으려고 해도

자꾸만 내 앞에서 어른거리네.

번쩍, 그 순간 잊을 수 없지.

# 결국 내가 너를 만나려고

결국 내가 너를 만나려고

나는 너를 만나려고

이 세상에 얼굴을 보였나

그대!

그러다가 내 꿈을 바람에 날려버리고

다시 그 곳으로 따라가다가

소스라치게 놀라고

얼굴 붉어지고

고개 돌려지고

일이 손에 안 잡히고

사랑하는 그대


사랑이라면, 먼발치에서 바라보기만 하고

아무도 모르게 너랑 손잡고

아무도 없는 바닷가 모래밭을

하염없이 걸어보는 것

그대!

보고 싶은 마음 지우면 지울수록

더 불타오르는 그리움

그대만이 잠재울 수밖에 없지.

## 우린 헤어지지 않았고

우린 헤어지지 않았고

넌 잠깐 숨어있는 거라고

헤어진다는 말이 얼마나

무서운 말인지 알고 있겠지.

당신

우린 지금껏 헤어진 적이 없다.

요리조리 찾아 갈팡질팡했을 뿐

어디에도 보이지 않는 너였지.

서성거리다가도

네가 생각나면

온전히 내 안에 있는지

가슴 깊이 들여다보고

가늘한 사랑, 고이 접어

너에게 보여주고 싶지.

만났다 헤어졌다 한들

나에겐 그리움의 흔적만 박혀있고

아득하게 어둠 속을 거닐던

흐르는 눈물

그래도 멋쩍게 우린 헤어지지 않았고.

# 누구도 우리를 막을 수

나에게는 사랑스러운 그대가 있고

그대를 그대라고 부르지.

사랑합니다.

죽을 때까지

그대

우리는 뗄레야 뗄 수 없지

누구도 우리를 막을 수 없지.


그대를 사랑한다는 것은

무수한 이승과 저승에서 슬펐던 기억을 만드는 것보다

뒤돌아 볼 것도 없이

그리운 언덕 너머 보이는 푸르른 집

한결같이 기억하지 않는

애태우고 기다리고

반복이 되어도

처음 만났던 것처럼

아무 일 없는 것처럼

영원히 그대와 나

언제나 내 맘이 그대에 닿기를

아주 오래 전부터

## 당신과 나 사이의 경계

활짝 핀 장미꽃을 그녀에게
안겼다 하더라도
그 향기가 허공 속에서
당신과 나 사이에 경계를 무너뜨릴 수 있을까?

고통의 깊이
깊은 속살을 헤집는 소리
저기 들려오는 사랑의 속삭임
과연 그대에게
그게,
그리고 그러나 그럼에도 불구하고
결국,
이곳에 올 것을 알면서도
왜,
그대는 나를 떠나버렸나
사랑,
당신과 나 사이의 경계는
그대가 올지 안 올지 모를
그래서, 슬펐던 기억들이 있다할지라도

좋았던 기억들이 더 많아서

비워낼 수 없지.

항상 머물 수 있게

그 경계는 이제 난데없이 보이지 않지.

## 너의 인상은 떠난 이후에도

너는 긴 머리칼을 바람에 휘날리며

울며 사라졌지만

너의 인상은 떠난 이후에도

남아있지.

나는 쓸쓸한 집 앞에 혼자 앉아 울고 있다.


슬픔이 다 하는 날이 오더라도

바라는 게 있지

그대라는 이름을 불러본다.

오지 않을 것을 알지만

우리는 그때 그 시절

누구보다 더

아름다운 그 시절이었다고

슬프도록 아름다운

그 시절이 있었다고


말 할 수 없는 사연들만

가슴 속에 가득 남아서

다정하게 그리워하면서

비로소 다시 너를 만나, 잊는다 해도

너의 인상은 거듭 떠난 이후에도 남아있지.

아직 우리의 생이 끝나지 않아서

우리의 사랑도 끝나지 않았음을

하염없이 기억해주길…….

## 사랑을 잃어버려서

나는 그대를 잃어버려서

우는 것이 아니라

조금씩 깊어가는 사랑을 잃어버려서

우는 것이다.


사랑한다고… 사랑한다고….

그리움 불씨 다 태우고

그대를 향해 걷고 또 걸어

내 사랑의 찾기 위해

말이 통하지 않아도

말을 못할지라도

통하는 사랑,

어디든 사라지지 말아요.

그대가 떠나도

내 안엔 언제나 쓸쓸한 끌림, 그대가 있습니다.

그대의 향기와 빛깔은

너무 깊고 많아서

여러 길로 나에게 다가오지.

첫 느낌을 알지.

아무리 여러 길이 있다 해도

나 그대 순간, 듬쑥한 그 길을 알지.

온전히 그대 사랑 앞에서

사랑을 잃어버렸다고 말하지 않으리.

내 가슴에 머물 수만 있다면야…….

# 지울 수 없는 기억

돌아 올 수 없는 거 알지.

하지만,

내 가슴 속에서 항상 숨 쉬고 있는 너.

한 번의 실수가

뉘우치고 돌이켜봐도

이제 지울 수 없는 기억이 되어

이제 용서 받을 수 없는 그리움으로 남았네.

문득, 불현듯,

내가 사랑했던 죄밖에 없다는 걸 알지만

여전히 사랑만 있을 것이고

그대 밖에 있다 하더라도

전 어찌 할 수 없는 행복이겠지.

드디어 바라만 볼 수만 있다한들

그대가 나에게 다가오지 않아도

남겨둔 눈물로 쓴 편지

땅 속 깊이 말 못할 사연으로

살다가 가만가만 쓸쓸하게 잊히지.

## 그대 가슴 속에

진정 사랑한다면

모든 것이 사라진다 해도

그대 가슴 속에 데울 수 있다면

사랑하는 마음 깊이 새겨

그대를 부르고 싶다.

미치도록 그리움 타는데

그대와 함께 나

이 세상에서 나는 네 것이 될 수 있게

한없지. 더 바랄 게 없지.

아직 나는 끝내 이별의 손잡을 수 없지.

여전히 부족한 나인 걸 알지만

감히,

내가

그대를 가슴 속에 촉촉 맺혀 있어서

## 그대를 처음 본 순간

그대를 처음 본 순간
알아버렸습니다.
목숨,
누구도
속수무책 세월 속에서도
우리를 갈라놓을 순 없습니다.
사랑,

## 기억 속에 남은

누군가 내 몸 안에서 서글프게 울고 있지.

온종일 내 몸 안에서 떠돌던 빛바랜 그림자

이젠 떠나버린 한 장의 추억,

기억 속의 남은 사랑의 한 페이지

오래 머물다 떠난 지 오래지.


언제나 곁에 와 올 것만 같은

참하게 그대였지만

그대와 나,


드디어 '사랑'이라는 말 한마디를 꺼내기가

이토록 어려웠을까요.

이름 부르기조차 힘들었었죠.

결단코 둘이 아닌 하나라는 기다림은

바라지도 않아요.

빛이 스밈, 당연히 눈을 다시 감고 보아도

그대라는 존재는 내 안에 오직 존재해야 하지.

욕심이라 할지라도 나는 매 순간 위함이라,

너를 잊어본 적이 없지.

영원히

다음 생(生)에도…….

영원히

다음 생(生)에도…….

## 그대에게 가는 길

그대에게 가는 길은
멀고도 멀어


지금도 거꾸로 가고 있네.
그대!
그대는 언제든 내 앞으로 걸어
오세요.
제가 지금 그대를 향해 걷고 있으니
그대라는 한 사람


내 안의 푸르른 시절이 있었지만
사랑해서… 사랑해서… 사랑했던…
아름다운 고통을 이별 선물로 줄 수밖에 없는
이별할 수밖에 없는 내 슬픔은
가슴 터질 정도로 아프지만
그렇게 사랑하는 것이 사랑이 아님을 알지만
아직도 사랑이 남아있어서
밤이면 불면의 시간들, 갈수록 길어져도
그대만 생각하면

이 아픈 이별도

사랑의 일부라 생각하면

나의 행복이라 생각되지.

이별 없는 세상이 있을까, 라는

그대 걸음은 멈춰 있지만

영원함이 없다는 걸

절 기억 속에서 버리진 말아주길

남은 사진 한 장 보고 또 볼 수밖에…….

## 그대에게만


살아서 단 한 번

그대를 생각하면

미안하다는 말밖에 할 수 없음을

이해해 주면 좋겠어.


누구보다

그대를 사랑했지만

사랑은 쉬운 것이 아니더라.

그대 손을 처음 잡았을 때

그 느낌은 죽을 때까지 잊을 수 없지.


사랑은 사랑하는

사람 안에 있는 줄만

알았는데

내 마음은 언제나 놓아만 주려고 했었지.


그대에게만

왜 이리

다가갈 수 없었는지

내 마음의 비밀은 알려줄 수가 없지.

언제나 그리움은 가슴 깊이 남아있겠지.

부디! 날 용서해.

영원히 함께하지 못해서

어느 눈부시게 밝은 날

그리움은 더 깊어지겠지.

# 그대 말고는

그냥,

흘러가는 자리마다

남아있는 사랑 하나

감당하지 못할 사랑을

사랑해 버렸지요

언제나 지칠 것처럼

그랬는데

그대 말고는

다시 내 마음이 무너지다

그대를 부르면

도로 살아나게 하는

이지러진다 다짐해도

내 마음이 쉬어 갈 줄 알았는데도

안 되네요

널 위해 쓸쓸함의 설레임은 가시덤불이지만

언제나 꽃피우고 싶은

눈물입니다.

# 그대 속은 너무 깊어

저만치 바람 타고 사라지네.

여전히 머물러 있는 그대

시큰거려 나만 느끼는

어루만질 수 없음을

그대 속은 너무 깊어.

기억은 사라지는 게 아니라

추억 속에서 차츰 사라지는 것

말 못할 나의 마음

아직도 내가 너를 놓지 못하고 있다는 게

슬프지.

그대 속은 너무 깊어

4부

# 나와 함께 한 슬펐던 사랑은 따뜻하지

## 온통 너로

달아났던 찬바람 달래어

얼마나 길고 어두운 길을 걸어야

그대와 나의 길은 오는가.

온통 너로 천천히 여러 결로 오는 당신

너의 향기는 절실함 되어

지금은 오지 않지만

오고 있는 그대의 빛깔은 강렬하겠지.

서둘러 오지 마세요.

전 흩날리는 바람만 그대가 보내는 흐릿한 바람 타고

소란스럽지 않게 기다리고 있을게요.

## 푸념 1

솔직히 내가 널 계속 지켜봤는데
한 번도 너는 먼저 만나자고 하질 않네.
만나자고, 꼭 만나달라고 연신 애원했던 것도 아닌데
이젠 그만 해야 할 것 같아.



솔직히 내가 널 계속 지켜봤는데
한 번도 너는 먼저 만나자고 하질 않네.

# 푸념 2


진짜로 만나자는 소리 안 해. 정말이지 너무 한다.

무엇 때문인지 몰라도

내가 너한테 얼마나 잘했는데

우리의 관계는 여기까지야.

# 푸념 3

그것도 그렇지만 하루 이틀도 아니고 시간이 지나면

좀 괜찮아질 줄 알았는데

언제나 넌 제자리 걸음이네.

사랑이고 미움이고 중요한 게 거기서 오는 정이란 게

중요한 거지. 도대체가 물도 흘러야 하는 거 아닌가.

매일매일 흐르지도 않고 고여만 있으니

물이 썩을 수밖에 없지.

당연히 무관심으로 밖에 보이질 않지.

아무리 생각해도 나는 그런 만남에 지쳤어.

# 손금을 들여다본다

오랜만에 슬쩍 손바닥을 들여다본다.

펼쳐진 강줄기는 여러 갈래로 뻗어

그대의 길을 찾아 쪼그라들었다.

언제부터인가 뒤적이다 손에 닿지 않는다.

오래 데리고 있어. 너여만 한다. 너여야만..... .

사랑의 형태가 여러 길이어서

살핏줄에 엉켜있는 나와 너의 길은

쓰레기통을 뒤적이는 내 마음과 같아서

휘어진 길을 따라

그대가 오늘 길을 찾아온다하니

오늘도 걷고 걸어야지.

감질나는 시간은 흐르고 흘러

결국 헐거워 서로 모르는 사람으로 남겠지.

## 그대 오시는 날

그냥 한없이 열리는

지금은 아직 이려나

그대 오시는 날,

언제인지는 모르지만

'둥실둥실 잃어버렸던 기억 되살리고

식어버렸던 시간도 다시 되돌리고

푸득거리는 그대 오시는 날,

내가 믿고 싶은 건

덧없이 나의 위로가

너에게 가까이 다가가

손을 내밀고

어루만질 수 있게

그대 오시는 날,

낯선 모퉁이 나의 바람이 이루어질 수 있도록

그리움이 지면 다시 그 빈자리에

그대 오시는 날,

환한 불빛에 해와 달과 별이

허물어진 나의 자리를 채워줄 수 있도록

## 그리움이 떠나네

이젠 그리움 말고

구르는 간절함이

나에게 왔으면 좋겠어.

그래야 그대 안에 깊이 숨어버리지.

그대가 모르게 감쪽같이 ' 꼭꼭'

그리움이 떠나네.

지금부턴 슬픔도 없고

눈물도 흘리지 않아

잊는 게 아니라

그대 안에 스며드는 일만 남았지.

만나지 못해도

견딜 수 없어도

그대에게 지금도 가고 있어.

오래오래 너무나 보고 싶어.

미치도록

## 내 마음은 여기까지

뒤돌아보지 않고
그대를 떠나보내야 하는데
시간은 얼마 남지 않았지.
너를 사랑하지만,
처음부터 잘못됨을 알았던 나는
뒤척임도 후회 없지.
마음 편히 보내야 하는데
쉽지 않지.
그래도 나 혼자 사랑했는데
어찌 아픔이 없겠어.
내 마음은 무너지지만
널 보내야 하는
내 마음은 견딜 것도 없는데 여기까지라네
더는 너를 내 곁에 둘 수 없음을
용서해!

## 간절함

내 안에 스며들지 못하는 다시, 예전으로 돌아가고 싶은 맘
이지.

# 널 많이 그리워하겠지

내가 자못 좋아했지.

얼마나 가슴을 태워야

그리움을 잊을 수 있을까?

돌아오지 않아, 후회는 하지 말자고 다짐했지

사랑했던 마음 사라진 건 아니지만

조금씩 내 안에서 사라져 가는 널 보며

내 온기를 다 실어

너에게 마지막으로

자연스럽게

희미해진 추억 속에 남겨야겠지.

자취 없이 그리워하겠지.

달콤했던 시간이 지나도 잊을 순 없겠지.

그래도 기억은 폐기처분처럼 가겠지.

# 나는 나를 버리고

떠나야 했던 것도 나였고

돌아와야 했던 것도 나였지.

언제나 넌 제자리였지.

나 혼자 방랑했지.

가슴 속에 너를 묻혀만 했던

그대와의 기억을 지우기란

너무 어렵지만

이제야 정신이 드네.

나는 나를 버리고

다정한 인사도 못해 미안할 뿐….

# 내 마음은 무너지고

눈물로 키웠던 나의 마음

거푸 닿지 않아.

가닥가작 들리지도

보이지도

머무르지 않아

어딘가에 있을

그대

아프게 했다면

내 마음은 무너지고

오래된 슬픔을 짊어지고

가야겠지요.

이미 떠난 지 오래이지만

너무 누루 깜깜하게 떠내려 온 그리움

그대라는 그 이름 하나로

하루하루 버텨왔지만

당신과 나 사이 마음의 강 너무도 깊어

건널 수가 없네요.

아직도 따뜻한 걸 알아요.

지금도 제 눈 속은 촉촉이 젖어 있네요.

그냥 모른 척해 주세요

내 마음은 무너지고

그대 그림자 떠돌다 사라지겠죠.

## 마지막 편지

마음이 이렇게 허약한 것인 줄 알았더라면

처음부터 사랑을 하지 않았을 텐데.

순간 깊어지는 것이어서

말랑말랑했던 기억들은 견딜 수 없는

간간 시간 들 사이에서 오래 서성이고

죽을 만큼 사랑하는 사람이 있었다는 것만으로도

나에겐 행운이자

축복이었지.

가만가만히 평생 내 마음속에 담아 두고 싶었던

단 한 사람

그대로

머문 자리는 광휘(光輝)로 남아있겠지.

몸서리치게 마음 동여매고

이젠 잊히도록

눈부셨던 그대

이젠 불을 꺼야 할 시간이네요.

거무튀튀한 어둠 속에서 내가 보이더라도

그냥 '스르륵' 모른 척 지나가 주세요.

부디!

내 숨이 멈출 때까지….

다정한 그대를 사랑하지만
슬픈 기억 속에서 너를 잊고 싶어

펴낸날  1쇄 2026년 5월 22일

지은이  박경만
펴낸이  김선규
펴낸곳  더케이북스
출판등록  2019년 10월 31일 제2019-000124호
주소  경기도 성남시 중원구 광명로 323번길 6-10 3층301호
전화  010-9085-2936
팩스  0504-185-2936
메일  thekbooks@naver.com

ISBN  979-11-992893-8-3 (03810)

이 도서의 국립중앙도서관 출판시도서목록(CIP)은 서지정보유통지원
시스템 홈페이지(http://seoji.nl.go.kr)와 국가자료공동목록시스템
(http://www.nl.go.kr/kolisnet)에서 이용하실 수 있습니다.